Coordinación de la Colección: Daniel Goldin.
Diseño: Arroyo+Cerda
Dirección Artística: Rebeca Cerda

A la Orilla del Viento

Primera edición: 1991
Segunda edición: 1995
  Séptima reimpresión: 2002

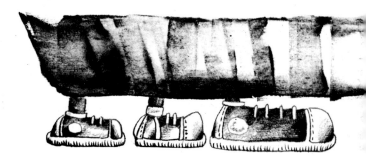

D.R. © 1991, Fondo de Cultura Económica, S.A. de C.V.
D.R. © 1995, Fondo de Cultura Económica
Av. Picacho Ajusco 227; México, 14200, D.F.
www.fce.com.mx

ISBN 968-16-4711-4 (segunda edición)
ISBN 968-16-3676-7 (primera edición)

Impreso en México

ALICIA
MOLINA
EL

Para Ana

ilustraciones:
ENRIQUE
MARTÍNEZ

AGUJERO NEGRO

TURA ECONÓMICA
MÉXICO

Un pequeño problema

❖ CAMILA tenía un pequeño problema. "Si me siento debajo de la escalera y pienso, lo puedo resolver en un ratito". Se acomodó debajo de la escalera que daba al jardín y pensó un ratito y otro más. Entonces se dio cuenta de que entre más pensaba, más grande se hacía el problema.

Se trataba de hacerle un regalo de cumpleaños a su mamá. Quería hacerle un regalo bonito y muy alegre, que la pusiera contentérrima. Eso no era problema porque a su mamá le encantaban las cosas locas que a Camila se le ocurrían y, además, ya sabía que si se usaba un poco de pintura amarilla y otro poco de rojo y de verde, su mamá diría: "¡Qué alegre es!"

A lo mejor necesitaba comprar algunas cosas, pero eso tampoco era el problema porque había ahorrado sus domingos durante tres semanas.

Pensó en los últimos regalos que le había hecho a su mamá:

Por Navidad le tejió una bufanda larga, larga, larga con rayas de todos colores que su mamá no se quitó en dos semanas, pero una mañana en que salió el sol, se la quitó y la perdió.

El día de su santo le hizo un llavero rojo de resina. Fernanda, su mejor amiga, le enseñó a hacer los moldes. Hizo una "A" muy grande (el nombre de su mamá empieza con A). A su mamá le encantó. "Así ya no voy a perder las llaves", dijo, y las puso en el llavero nuevo. Se fueron al parque a andar en bicicleta y cuando regresaron tuvieron que llamar al cerrajero para abrir la puerta porque se habían perdido las llaves, con llavero y todo.

Y es que éste era el problema, su mamá perdía todo:

Perdía las llaves, perdía la canasta del mandado cuando iba al mercado, perdía aretes, papeles importantes y papeles insignificantes, la tapa de la pasta de dientes, su anillo de bodas, las hombreras de su suéter favorito y, una vez, hasta perdió una cebolla cuando estaba cocinando.

Lo peor de todo era que cuando su mamá perdía esas cosas, también perdía otras más importantes: el tiempo, la paciencia y el buen humor.

El problema de Camila era encontrar un regalo bonito, alegre, divertido, barato y que

NO SE PUDIERA PERDER.

Un duende verde

❖ CAMILA se pasó la tarde descartando ideas, pues su mamá
era capaz de perder casi todo lo que la niña podía imaginar.

Decidió descansar de pensar, y subió a preguntarle a su
mamá si quería que hicieran juntas unas galletas, pero la
encontró muy ocupada buscando uno de sus aretes nuevos.

Mientras estaba esperando, acostada, mirando al techo y
sin pensar en nada, se le ocurrió una idea:¡Claro! ¡Cómo no se
le había ocurrido antes! Le regalaría una lámpara, pero puesta,
colgada del techo. Eso sí no lo podía perder. Las lámparas de la
casa estaban ahí hace muchísimo tiempo y la de su mamá ya
estaba bien desteñida.

Camila recordó que en el armario de su cuarto había una
pantalla vieja. La pintaría, le pondría flores y cintas de colores,
quedaría preciosa. Sí, definitivamente era una buena idea.

Cuando su mamá se cansó de buscar su arete, tuvo que
hacer las galletas sola porque Camila estaba ocupadísima
buscando y rebuscando en el armario.

La pantalla la encontró enseguida, pero necesitaba cintas
de colores, pegamento, flores de papel... Pensó que podía hacer
una mariposa, pero no, mejor usaría su colección de flores

secas para cubrir las manchas que tenía la pantalla. Estaban en el último cajón. Cuando lo abrió, ella y esa "cosa" se sorprendieron tanto que se quedaron encantados, pero como en el juego de encantados, sin poderse mover. La primera que se repuso fue Camila.

—¿Cómo te llamas?; ¿quién eres?

—Me llamo lo que soy —dijo esa cosa, y sonrió enigmático.

—Entonces te llamas Duende Verde —se rió, divertida, la niña.

—Una niña lista —refunfuñó el duende— . ¡Lo que me faltaba!

—¿Te llamas Duende verde malhumorado?

—Eso no —dijo el duende—, no siempre estoy malhumorado, sólo cuando me encuentro con una niña lista y eso no me ha pasado desde hace como 23 años.

Camila tomó con mucho cuidado al duende verde y lo puso sobre la palma de su mano. Tenía la cara verde, las manos verdes, el traje verde, un gorro verde y unos ojos pequeñitos y amarillos.

—Oye, no me mires así, no soy un bicho raro —le reclamó desde la palma de su mano.

—Discúlpame, pero como nunca en mi vida había visto un duende verde de verdad, me pareces un bicho un poquito raro—. ¿Qué haces aquí? —se atrevió a preguntar.

—Yo estaba aquí antes de que tú llegaras,desde hace 23 años y no precisamente por mi gusto. La que tiene que explicar qué hace aquí eres tú. Tú acabas de llegar.

—Sí —repuso Camila— pero éste es mi cuarto, aquí vivo, aquí duermo, aquí hago la tarea y aquí, en este cajón, guardo mis flores secas.

—Ah, tú eres la de las flores secas... huelen bien, pero demasiado, ya estaba pensando en mudarme de cajón.

—Oye, pero cuando yo guardé mis flores tú no estabas aquí.

—Ah, sí —explicó con naturalidad el duende—, debo haber estado en el agujero negro.

—¿En el agujero negro? —se asombró Camila.

—Sí, claro, el agujero negro pero, tú ¿qué estabas buscando aquí?

—Yo buscaba un regalo para mi mamá pero ya lo encontré, ¡le vas a encantar!

—¿Yo? —preguntó el duende, y su voz se oía angustiada.

—Si, tú. No creo que haya un regalo más bonito que un duende verde encantador. Te meteré en un frasco y te pondré un moño precioso.

Entonces sí que el duende se puso malhumorado y empezó a chillar.

—No, no, no, con tu mamá no, mátame, tírame, guárdame para siempre en el cajón de las flores, pero, por favor, no me vayas a regalar con tu mamá.

Camila intentó convencerlo.

—No chilles así, mi mamá es muy divertida, ya verás, te va a querer mucho.

—Eso ya lo sé —ahora la voz del duende sonaba desolada—: pero me va a perder.

—¿Cómo lo sabes? —se sorprendió Camila.

—Porque ya me perdió, tonta.

—¿Ya te perdió?, ¿cómo?, ¿cuándo?

—Me perdió hace exactamente 23 años, 2 meses, 1 semana, 2 días, y cuarenta y cinco minutos —dijo el duende sacando su diminuto reloj.

—Pero, ¿cómo te perdió? —insistió la niña, llena de curiosidad.

—Como pierde todo. ¡Sin darse cuenta! Mira, yo vivía muy contento en la casa de muñecas con el duende rojo, el duende azul, el amarillo, el púrpura, y el duende a rayas, que son mis hermanos. Un día, tu mamá me guardó en su mochila para llevarme a la escuela. Quería que sus amigos me conocieran. Ah, pero no podía esperar a la hora de recreo, ¡qué va! En plena clase empezó a enseñarles a este bicho raro. Entonces la maestra gritó: "¿Qué tienes ahí?" Tu mamá dijo "nada" y me guardó en su calcetín.

—¿Y luego?

—Luego se le olvidó y así es como fui a dar al agujero negro.

—¿Qué es el agujero negro?

—Eso, un agujero negro, un hoyo oscuro donde van a dar todas las cosas cuando tu mamá las pierde.

—Y tú, ¿cómo saliste de ahí?

—Le hice un agujero al agujero.

—¿El agujero tiene un agujero?

—No —respondió satisfecho—: ahora tiene un nudo.

—Y ¿ahí está todo lo que mamá ha perdido?

—Sí, todo menos yo, ah, y este arete que apenas llegó en la mañana.

Ahora sí que Camila no lo podía creer.

—Pero si ha estado como loca buscándolo todo el día. ¿Cómo lo tienes tú? —El arete que acababa de descubrir desapareció como por arte de magia.

—Mira, dejó de buscarlo —dijo el duende—; otra cosa más que olvida y se va al agujero negro.

Camila pensó entonces que no era tan buena idea regalarle el duende a su mamá. Ahora sí se le había ocurrido una idea genial. ❖

Un regalo genial

❖ CUANDO Camila tenía ideas geniales saltaba del gusto. El duende la veía atónito.

Ella lo miró y le dijo:

—No te preocupes, no te voy a envolver para regalo.

El duende suspiró con alivio.

—Le voy a regalar el agujero negro.

—Ah no —repuso el duende verde—, eso no. Solo yo sé donde está y no te lo daré nunca, nunca. —Lo dijo muy seguro, pero de pronto dudó.

—No te lo daré... a menos que...

—¿A menos que, qué?

—A menos que me des algo muy importante a cambio.

—¿Un cambalache?

—Exacto.

—Pero, ¿con qué te lo puedo cambalachar?

—Tienes que recuperar mi casa. Mañana a las 9:00 de la noche es la fiesta de Kinding.

—¿La fiesta de Kinding? ¿Qué es eso?

—Claro —refexionó el duende como para sí— eres una niña lista, pero bastante tonta.

Y entonces le explicó, con la paciencia impaciente que se usa para explicar lo evidente:

—Kinding es la fiesta de cumpleaños de todos los duendes y se celebra cada 2 años. No puedo faltar. Mis hermanos me están esperando.

—Y ¿cómo puedo recuperar tu casa? ¿Qué tengo que hacer?

—Ese es tu problema, no el mío. La quiero aquí, mañana en la noche, a las 9 en punto.

Camila pensó que en esa tarde lo único que había logrado era cambalachar un problema por otro más grande, pero aceptó el reto.

—Muy bien —le dijo al duende— ahora tú me esperas aquí.

Sin darle tiempo a responder, lo guardó en el cajón de las flores secas y, por si acaso, lo encerró con llave. Camila llegó corriendo a la cocina. Su mamá acababa de sacar las galletas del horno. Como no sabía dónde había puesto los cortadores, las había cortado de cualquier manera.

—¿Qué parecen?

—Parecen monstruos.

—Cierto —se rió su mamá—, son monstruos prehistóricos. ¡Vamos a decorarlos!

Mientras los pintaban con azúcar y colores vegetales, Camila le preguntó:

—¿Y tu arete?

—¿Cuál arete? —respondió su mamá.

Camila constató que el arete estaba ya en el agujero negro. Los monstruos iban quedando muy bien.

—Oye mamá, cuando eras niña tú tenías una casita de muñecas, ¿verdad?

—Sí —recordó la mamá y se entusiasmó con el recuerdo—. Era una casita preciosa. Me la regaló mi abuela.

—¿Mi abuela?

—No, la mía, la hizo el abuelo.

—¿El tuyo?

—No, el de ella. Era enorme.

—¿El abuelo?

—No, la casita. Tenía de todo: recámaras, baño, comedor, cocina, sala. Abuela la decoró.

—¿Mi abuela?

—No, la de mi abuelo. Tenía muchos muebles y en los cajoncitos había toda clase de cosas diminutas.

—Y, ¿dónde está? —preguntó la niña, aunque ya sabía la respuesta.

—Ay Camila, ¿cómo quieres que sepa?… Han pasado tantos años…

Camila pensó: en el agujero negro no está porque no la ha olvidado, así que tiene que estar en alguna parte. Se acordó de su abuela. Su mamá perdía todo, pero su abuela todo lo guardaba. Así que decidió hacerle una visita.

—Mañana voy a ir a ver a mi abuelita —dijo—; le llevaré unas galletas.

—¿De monstruos prehistóricos? —se sorprendió su mamá—. No sé si le gusten. ❖

La casa de muñecas

❖ LA ABUELA de Camila era ordenada y minuciosa. Así era también su casa. A Camila le gustaba pero se sentía más cómoda en la suya. Aquí el té se tomaba en la sala. La abuela puso las galletas en forma de animales prehistóricos sobre una charola de plata con servilletas de lino. Se veían chistosas.

—Están raras —dijo la abuela cuando las probó—, pero saben bien.

Cuando se comió la sexta galleta y dijo otra vez "están buenas", Camila se dio cuenta de que había llegado el momento y preguntó:

—¿Tú guardaste la casa de muñecas de mi mamá?

—Sí, mi hijita, está en el desván.

—¿Me dejas verla?

—Sí, pero no la toques. Me costó mucho conservarla porque tu mamá siempre andaba perdiendo las miniaturas.

Camila corrió al desván. Al principio no la encontraba. Pero su abuela gritó:

—¡Está en el tapanco!

Subió al tapanco y no encontró nada. Su abuela volvió a gritar.

—¡Descorre la cortina!

La descorrió y fue como si se levantara un telón. Ahí estaba la casita de muñecas más grande y más bonita que se hubiera podido imaginar. Tenía de todo: recámaras, baño, comedor, cocina, sala. Exactamente como la había descrito su mamá. En las paredes había cuadros y lámparas en el techo.

Empezó a abrir los cajoncitos buscando a los hermanos del duende verde, pero sólo encontró sábanas y colchitas en la cómoda, platitos y cacerolas en la cocina, diminutos libros en el librero de la sala. Lo más fascinante eran los juguetitos del cuarto de bebés.

En eso estaba cuando apareció la abuela.

—¿No te digo? Ya empezaste a desordenarla, ¡igualita a tu mamá!

—No, abuelita —se disculpó Camila—, solo quería ver todo lo que tiene. ¡Cuánto trabajó tu mamá, abuela, mira, hasta bordó las sabanitas! ¡Qué paciencia!

Eso era todo lo que la abuela necesitaba oír para agarrar el hilo de los recuerdos y empezar a platicar de su mamá, de su infancia y de la infancia de la mamá de Camila.

Durante el resto de la tarde estuvieron limpiando la casita. Mientras platicaban, levantaron las ventanitas, ordenaron y acomodaron todas las miniaturas. Quedó tal y como dijo la abuela: "¡Cómo una tacita de plata!"

Cuando terminaron ya era tarde y la abuela la invitó a dormir, pero Camila recordó que sólo tenía dos horas para hacer el cambalache y todavía le faltaba lo más difícil. Como al mal paso hay que darle prisa, lo soltó de sopetón:

—Abuelita, regálame la casita. ¡Por favor!

La abuela guardó silencio. Camila ya estaba pensando qué decirle para convencerla, cuando escuchó:

—Es para tí. Por eso la guardé tanto tiempo.

Camila le dio un abrazo tan largo, que ahí se fueron como 20 minutos de las dos horas que le quedaban. Y es que de veras quería tener la casita y no sólo por el duende verde sino por su mamá, y la abuela de su mamá y el abuelo de su abuela.

De pronto, Camila cayó en la cuenta de que ahora tenía otro problema.

¿Cómo se la iba a llevar? ❖

Un cambalache

❖ YA TENÍA la casita pero, ¿cómo transportarla? Había llegado hasta la casa de la abuela en bicicleta. Ella manejaba muy bien la bici, pero no tanto como el panadero que podía llevar la gran canasta haciendo equilibrio sobre la cabeza. Además, estaba segura que la casita pesaba mucho más.

—No seas impaciente —dijo la abuela, intentando ser comprensiva—. Mañana vendrá Ramón, el pastelero, a traerme una sorpresa que encargué para tu mamá y le pediremos que la lleve en la camioneta.

—No puede ser —se angustió Camila—, el viernes será demasiado tarde.

La abuela no entendió por qué el viernes iba a ser demasiado tarde, pero no tuvo tiempo de pensar en eso porque en ese momento tocaron a la puerta.

—No lo puedo creer —gritó Camila— ¡hoy es mi día de suerte!

En efecto, ese era su día de suerte. Ramón, el pastelero, estaba ahí con su enorme camioneta.

Pasaba por la calle y se detuvo a preguntarle a la abuela cuántas cucharadas de manteca llevaba su pastel de mantequilla.

Ramón y la abuela podían estar horas haciendo recetas de cocina, así que Camila tuvo que ser de veras muy insistente para que Ramón les ayudara a bajar la casita y la metiera en la camioneta. Por fortuna, su casa estaba a sólo cinco minutos de ahí. Cuando llegaron faltaban todavía 20 minutos para la cita.

Otra vez Camila se felicitó por su suerte. Su papá ya estaba en la casa; él podría ayudar a Ramón a meter la casita. Pero no se acordaba que Ramón y papá podían estar horas hablando de futbol. El reloj caminaba rápidamente, faltaban ocho minutos y la casita todavía estaba en la puerta de la casa.

Llamó a su mamá, pero la mamá de Camila se puso tan contenta cuando vio la casita, y se le vinieron encima tantos recuerdos, que ya no se la quería dar.

—Es mía, me la hizo el abuelo, la pondré en mi cuarto, pero no te enojes, te la puedo prestar.

Camila estalló.

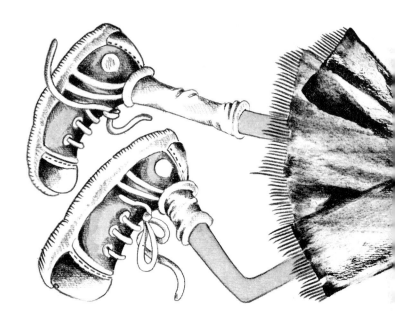

—Estamos perdiendo el tiempo y sólo faltan tres minutos para que empiece el Kinding.

La mamá iba a preguntar qué era el Kinding, pero la vio tan apurada que decidió ayudarla. La casa era muy pesada para ellas dos.

—Se necesita más fuerza —dijo Camila.

—O ingenio —dijo mamá, y trajo la patineta azul.

Con mucho cuidado subieron la casa a la patineta y así rodando, la llevaron hasta el cuarto.

¡Suerte!, en ese momento papá llamó a la mamá de Camila. La niña cerró su cuarto. Sólo faltaba medio minuto cuando abrió el cajón y sacó al duende verde.

Lo atrapó entre sus manos y lo llevó ante la casita, entonces, lentamente, separó sus dedos para que el duende pudiera ver y le dijo:

—Cambalache, duende verde, dame el agujero negro.

Cuando el duende vio la casita empezó a saltar del gusto y Camila movía las manos de arriba para abajo, como una loca, tratando de que no se le escapara. En eso, regresó su mamá para preguntarle si quería cenar.

—¿Qué haces? —preguntó sorprendida.

—Son, este… son unos ejercicios de gimnasia que nos recomendó el maestro, y no quiero cenar porque merendé con la abuelita.

Su mamá se fue, Camila cerró la puerta y esta vez, puso el seguro. El duende seguía saltando.

—Cálmate, cálmate —decía la niña— y no te pongas tan contento, porque te traje la casa pero a tus hermanos no los vi por ninguna parte.

—Los humanos no saben buscar; mira:

Camila vio. ❖

Una fiesta de Kinding

❖ LO QUE Camila vio fue mágico de verdad.

La casita estaba reluciente, no sólo por lo limpia que la había dejado ella y la abuela, sino porque todo estaba preparado para una gran fiesta, tenía un brillo especial y además, algo se movía:

De la chimenea iba saliendo un duendecito rojo, de uno de los muebles de la cocina salió uno azul, debajo de las camas asomaban las cabezas del amarillo y el púrpura, y en la lámpara de la sala, se columpiaba muy contento el duende a rayas.

Fue tal la sorpresa de Camila que abrió las manos y dejó escapar al duende verde. Lo que vio después fue muy conmovedor: El gran abrazo de los hermanos y la fiesta de cumpleaños más ruidosa y animada que se le pudiera ocurrir.

Hubo piñata, cantaron y bailaron, hicieron un concurso de mentiras que ganó el duende de rayas cuando contó que había vencido al ogro Pantagruel metiéndose en su estómago escondido en una galleta de animalitos; contaron chistes de duendes y chismes de todas las brujas de la comarca. Imitaron a los seres humanos que conocían y se desternillaron de risa hablando de las travesuras que les habían hecho.

Después, cenaron sus platillos favoritos, que son los que se sirven tradicionalmente en la fiesta de Kinding: Rampikut, que es una sopa de hongos y raíz fuerte; Ntik, que se hace como un asado, pero en lugar de carne se pone una nuez grande; tortas de miel y de postre el néctar de las más hermosas flores, recogidas en el propio jardín de la abuela.

Camila descubrió que la vida de los duendes es larga y divertidísima y decidió que un día se dedicaría a escribir cuentos de duendes.

El último en contar su historia fue el duende verde. Cuando empezó a hablar del agujero negro, Camila se dio cuenta de que eran las dos de la mañana, que tenía muchísimo sueño, y que aún no tenía el regalo de su mamá. Entonces dijo con mucha energía:

—Duende verde, ¡dame el agujero negro!

—No te lo daré —contestó el duende—. Lo que tú no sabías es que soy un duende muy tramposo.

El duende rojo lo aclaró todo cuando, riéndose, dijo:

—Su verdadero nombre no es duende verde sino "El Gran Trampas" —y todos se rieron de ella.

Camila se enojó tanto que, sin pensarlo dos veces, tomó su red de cazar mariposas y atrapó con ella a los duendes.

—Los atrapé, tramposos, y ahora sí vamos a hacer el cambalache.

Los metió en un gran frasco.

—Yo necesito un buen regalo para mi mamá. Si no me lo dan,voy a envolver este frasco y le daré seis duendes encantadores en vez de uno.

Muy decidida tapó el frasco y fue a buscar cintas de colores para adornarlo. ❖

Un agujero negro

❖ Los seis duendes hicieron una conferencia de emergencia y decidieron negociar con la intrusa. Eso era, justamente, lo que Camila esperaba. Sacó al duende verde del frasco y lo volvió a tapar.

—Si no me das el agujero negro les va a costar mucho trabajo festejar el próximo Kinding. Se los regalaré a mi mamá y estoy segura de que ella los irá perdiendo, uno por uno —dijo, muy seria y amenazadora.

El duende verde se rindió y le confesó que el agujero negro estaba en la sombrerera rosa, que estaba en el baúl morado, que estaba en el fondo del armario.

Camila metió al duende verde en el bolsillo de su camisa y lo abrochó con cuidado. No permitiría más trampas.

Hizo tanto ruido al buscarla que su mamá se despertó.

—¿Qué haces danzando por aquí a las tres de la mañana, muchachita?

Camila dijo una mentira tan grande que le hubiera podido ganar el concurso al duende a rayas:

—Es que me acordé que tengo tarea de matemáticas y no la terminé.

Su mamá notó algo raro: — ¿Que tienes en el pecho?; mira, te brinca.

—Es el corazón —mintió otra vez— me salta por la preocupación, pero ya voy a terminar.

Lo que verdaderamente saltaba era el pobre duende verde que estaba aterrado sólo de oír la voz de la mamá de Camila. Pero ella ni cuenta se dio y se fue a dormir despreocupada, pensando que Camila se estaba volviendo muy responsable con sus tareas escolares, pero que no debería exagerar.

Como el duende era de veras tramposo, el agujero negro no estaba en la sombrerera rosa, pero finalmente, y después de escuchar la voz de la mamá de Camila, decidió decir la verdad: Estaba en el arcón azul, debajo del armario.

El agujero negro no se parecía a nada que Camila hubiera visto antes: no era una bolsa negra, ni una especie de globo, como ella había imaginado. Era un trozo de nada, grande, redondo y con un nudo en la punta.

—Pero si aquí no hay nada —dijo sorprendida y un poco desilusionada.

—Asómate y verás.

Cuando se iba a asomar, el duende le advirtió:

—Hazlo con cuidado. Tiene un imán y te puede jalar. Si caes dentro te será muy difícil salir—. El duende le dijo esto porque a pesar de todo Camila le caía bien y, además, porque él estaba atrapado en su bolsillo y si se iba por el agujero, se irían juntos.

La niña deshizo el nudo y miró por la rendija:

—¡Es increíble! ¡Cuántas cosas caben en el agujero!

Allí había botones, aretes, lápices, plumas, papeles importantes y papeles insignificantes, una hombrera, una canasta del mercado llena de fruta, una pasta de dientes sin tapa y una tapa sin pasta de dientes, también estaba la bufanda larga, larga, el llavero con todo y llaves y muchas, muchísimas cosas más.

Cuando terminó de asombrarse, le hizo otra vez un nudo al agujero.

A Camila se le cerraban los ojos de sueño (ya estaba amaneciendo). Eran las cinco de la mañana. Dentro de una hora sonaría el despertador y su mamá bajaría a tomarse su primera taza de café. Debía darse prisa. Le costó muchísimo trabajo envolver el agujero negro porque era un poco resbaloso y se movía mucho, pues a pesar de estar lleno de cosas, no pesaba nada (esa es una característica de todos los agujeros negros).

Por fin logró colgarle una cinta roja y una tarjeta que decía:

> *FELICIDADES.*
> Hoy también te ama Camila.

Un cumpleaños especial

❖ CUIDÁNDOSE bien de no hacer ruido, la niña llevó el agujero negro hasta la mesa del comedor. Preparó el café y unos molletes con mantequilla para su mamá (ella se comió tres, se moría de hambre porque la noche anterior no había cenado). Colocó el café y los molletes frente al agujero negro y, entonces, llegó su mamá.

—¡Feliz cumpleaños! —le dijo y le dio un abrazote.

A su mamá ya se le había olvidado qué día era, pero le dio mucho gusto que Camila se acordara.

Lo que no vio fue su regalo, empezó a tomar el café y pronto dijo asustada: —¿Qué hace aquí esta víbora roja?

A pesar del sueño que tenía, Camila se rió mucho y le explicó: —No es una víbora roja, es un listón y debajo está tu regalo.

Su mamá estaba sorprendida: —¡Aquí no hay nada!

La niña desbarató el nudo y le dijo:

—Asómate, pero con cuidado.

Cuando se asomó, no lo podía creer. Empezó a sacar sus cosas, una por una. Algunas como la cebolla, la hicieron reír, y otras, como su anillo de bodas y su bufanda larga, larga, la

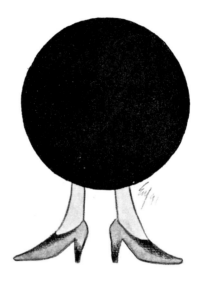

hicieron llorar de gusto. Por fin, cuando vio qué oscuro era por dentro, lo reconoció. (Su mamá no conocía el agujero negro, ni siquiera sabía que tenía uno. Pero de una manera misteriosa uno siempre reconoce lo que le pertenece.)

—¡Este es mi agujero negro! ¿Cómo lo encontraste?

Camila iba a empezar a contarle todo, pero pensó que era mejor platicarle la única parte de la historia que su mamá iba a creer, así que sólo dijo:

—Lo encontré en el arcón azul.

Cuando el papá de Camila bajó a desayunar, encontró a su esposa eufórica (que quiere decir loca de contento) diciendo:

—¡Este es el arete que me regaló mi prima Laura! ¡Mira, mi agenda de la secundaria!, aquí están los teléfonos de todas mis amigas. ¡Los cortadores de galletas! ¡Por fin! ¡Las llaves de la casa! ¡Mi acta de nacimiento! ¡La hombrera de mi suéter azul!

Y así siguió durante tres días.

Estaban tan entusiasmados que ni cuenta se dieron cuando

Camila se fue a su cuarto. El duende verde hacía horas que dormía en el bolsillo de su blusa. Con mucho cuidado lo sacó y lo colocó en una de las camitas. Lo tapó con las sábanas minuciosamente bordadas por la abuela de mamá.

¿Sabría la bisabuela quién usaría realmente la casita? Uno por uno fue acostando a todos los duendecitos que dormían en el fondo del frasco. De pronto cayó en la cuenta de que las iniciales bordadas de la ropa de la cama coincidían: D.V. duende verde; D.R., duende rojo; D.A., duende amarillo; D.P., duende púrpura y había una que no estaba bordada, pero era una sábana a rayas de todos colores. Ahí, claro, acostó al duende a rayas.

Camila se fue a dormir sintiendo que un secreto profundo la unía a la abuela de su madre. ❖

Posdata.

❖ El Agujero Negro siguió funcionando para siempre, allí llegaban todas las cosas que su madre perdía, sólo que ahora el agujero negro estaba pegado en el centro de la mesa de la sala (eso fue una idea de papá), así que sabían donde buscar. La mamá de Camila no dejó de perder las cosas, pero ya nunca más perdió ni el tiempo, ni la paciencia, ni el buen humor.

Índice

El agujero negro de Alicia Molina, núm. 5 de la colección
A la orilla del viento, se terminó de imprimir en los talleres
de Impresora y Encuadernadora Progreso, S.A. de C.V. (IEPSA),
Calzada San Lorenzo núm. 244; 09830, México, D. F.
durante el mes de junio de 2002.
Tiraje: 10 000 ejemplares.